PYJAMAZOO!

Données de catalogage avant publication (Canada)

Kearns, Brenda, 1963-
[Sleepover zoo. Français]
   Pyjamazoo!

(Étoile filante)
Traduction de: Sleepover zoo.
ISBN 0-590-12459-5

I. Renaud, François. II. Titre. III. Titre: Sleepover zoo. Français.
IV. Collection.

PS8571.E355S5314 1998   jC813'.54   C97-932597-8
PZ23.K73Py 1998

6 5 4 3 2 1   Imprimé au Canada   8 9/9 0 1 2/0

PYJAMAZOO!

Brenda Kearns

**Illustrations de
Wesley Lowe**

**Traduction de
François Renaud**

Les éditions Scholastic

À Leah, Paddy et Madeleine
. . . mes personnes préférées.

Chapitre 1

Casse-croûte surprise

— Qu'est-ce que c'est que ça?

Léonie vient de crier à tue-tête et tous les élèves présents à la cafétéria se tournent vers Évelyne qui rougit jusqu'à la racine des cheveux. Elle avait bien tenté de laisser tomber le sac de papier brun sur ses genoux, mais Léonie l'avait vue. Maintenant, tout le monde a les yeux fixés sur elle.

— Ce sont des graines de lin, marmonne

Évelyne. En partant ce matin, j'ai dû me tromper de sac à lunch.

Elle se tortille sur sa chaise, mais tout le monde continue de la regarder. Voilà ce que c'est que d'être la nouvelle élève de la classe, se dit-elle. Elle jette un coup d'œil dans son sac et soupire. Le sandwich est tout au fond et pour l'atteindre il lui faut sortir tout le reste.

— Mon père aime bien profiter de sa pause repas pour nourrir les oiseaux, explique Évelyne, tout en vidant le sac de son contenu.

Elle sort d'abord un petit sac de graines de tournesol, puis un autre contenant des graines de citrouille et un troisième bourré de noix de coco râpée. Elle replonge la main dans le sac et en sort une vilaine banane brune et molle dont la peau fendue laisse échapper la pulpe.

Difficile d'imaginer casse-croûte moins appétissant.

Finalement, Évelyne arrive à sortir le sandwich. Il est écrasé au centre, de telle sorte que le beurre d'arachide et la confiture débordent.

Difficile, mais possible, se dit Évelyne, en soupirant.

— C'est dégoûtant! s'exclame Léonie, provoquant le ricanement de ses amies.

Évelyne fréquente l'école Arc-en-ciel depuis trois semaines seulement, mais elle en sait déjà long sur Léonie Trudeau. Quand Léonie parle, les autres écoutent. Quand elle organise une fête, comme celle d'il y a deux semaines où elle a invité tout le monde à passer la nuit chez elle, toutes les filles de la classe, sans exception, se font un devoir de répondre à l'invitation.

— Alors, Évelyne, dit Léonie, en tortillant ses boucles d'oreilles en or toutes neuves. Quand nous invites-tu à passer la nuit chez toi? demande-t-elle, avec un sourire narquois. Je suis curieuse de voir dans quel genre de cabane à moineaux tu niches.

— Elle n'habite pas dans une cabane à moineaux, intervient Florence, en rajustant ses lunettes avant de s'asseoir à côté d'Évelyne. Ses parents s'occupent du Centre d'hébergement pour animaux sauvages et, à la maison, ils ont une clinique pour les oiseaux.

Évelyne sourit à Florence, puis jette un coup d'œil à son casse-croûte et constate que Florence a déposé un biscuit aux brisures de chocolat à côté de son sandwich écrasé.

— Merci, murmure Évelyne.

Florence est la première amie qu'elle s'est faite à l'école et elles se sont promis de manger ensemble tous les midis.

— Comme tu es venue à ma soirée, dit Léonie, je me demande quand tu en organiseras une à ton tour. J'ai une envie folle de voir ta cabane à moineaux! ajoute Léonie, en se penchant vers Évelyne.

— Ce n'est pas une...

— Vendredi, réplique Évelyne, en coupant la parole à Florence. Vendredi, tu viens coucher à la maison, Léonie, et je te rappelle que ce n'est pas une cabane à moineaux.

— Et qui d'autre est invité? demande Léonie, en regardant Évelyne dans les yeux.

—Je... euh... , hésite Évelyne, en s'éclaircissant

la voix. Je dois d'abord demander à mes parents combien de personnes je peux inviter.

En retournant en classe, Évelyne a le front soucieux. Elle souhaitait passer inaperçue aux yeux de Léonie, mais, de toute évidence, elle n'avait pas réussi. Et la voilà maintenant qui veut venir à la maison! S'il faut qu'elle trouve l'endroit complètement bizarre, à coup sûr, elle en fera tout un plat.

— Hé, attends-moi! dit Florence. Tu organises vraiment une soirée vendredi?

— Je suppose que oui, si mes parents acceptent. Je n'aurais pas dû en parler, je n'ai pas vraiment envie de voir Léonie chez moi.

— Léonie n'est qu'une petite prétentieuse, dit Florence, en haussant les épaules. De toute manière, je voulais te dire que j'aimerais bien aller chez toi. Tu ne m'as toujours pas montré la clinique d'oiseaux, et je ne peux pas croire que ce soit aussi vilain que tu le prétendes.

Évelyne pousse un soupir. Si Florence doit devenir son amie, il faudra bien qu'un jour ou l'autre, elle voie les oiseaux.

— Eh bien, d'accord. Après l'école, je suis de corvée de nettoyage. C'est plutôt ennuyeux, mais si tu en as envie, tu peux venir.

— Merci! On ne sait jamais, je pourrai peut-être me rendre utile.

En voyant le chandail blanc, le jean neuf et la coiffure impeccable de son amie, Évelyne ne peut s'empêcher de sourire. Toujours tirée à quatre épingles, Florence ne se salit jamais.

— Si tu veux aider, je vais te prêter mon vieux jean. Et tu auras besoin d'une paire de gants aussi, pour les souris mortes.

— Pour les souris mortes?! s'exclame Florence, en ravalant sa salive.

— Ça pourrait être pire, dit Évelyne, en s'efforçant de garder son sérieux. Si elles étaient vivantes, il te faudrait les attraper!

Chapitre 2

Un serpent en liberté?

En début d'après-midi, monsieur Ouellette décide de faire un contrôle surprise en mathématiques. Évelyne n'arrive pas à se concentrer, elle continue à se demander pourquoi Léonie tient tant à venir chez elle. De toute évidence, ce n'est pas pour devenir son amie, c'est plutôt pour écornifler.

Maman trouvera peut-être que vendredi c'est trop tôt, se dit-elle. Mais ce serait étonnant, puisqu'elle a déjà dit à Évelyne que ses amis pouvaient venir à l'improviste.

Peut-être est-ce Léonie qui ne pourra pas venir. Quoique, là aussi, c'est peu probable. Florence dit que Léonie ne rate jamais ce genre d'invitation.

— Daphnée-Évelyne Godbout! Combien de temps vas-tu encore rêvasser devant ta feuille?

Évelyne sursaute et échappe son crayon. Monsieur Ouellette est debout à côté d'elle, les bras croisés et le regard sévère. Toute la classe a les yeux braqués sur elle.

Évelyne rougit jusqu'à la racine des cheveux. Elle déteste que monsieur Ouellette l'appelle par son prénom composé. À chaque fois, les garçons éclatent de rire.

— Désolée, monsieur Ouellette, marmonne Évelyne, en baissant les yeux sur son questionnaire.

Quand monsieur Ouellette ramasse les copies, il s'arrête près de son pupitre et fronce les sourcils.

— Daphnée-Évelyne, quelque chose te

tracasse? demande-t-il, en constatant qu'elle n'a rempli que la moitié du questionnaire.

— Euh... non, monsieur, répond Évelyne, en ne voyant pas l'utilité de confier son problème à monsieur Ouellette.

Le reste de l'après-midi semble durer une éternité. En orthographe, Évelyne fait tellement d'erreurs qu'elle doit demander une nouvelle copie. En arts, elle met tellement de temps à se choisir un sujet que la période se termine avant qu'elle n'ait le temps de commencer son dessin.

Au son de la cloche, Florence bondit de son siège.

— Viens vite! dit-elle. Tu dois me montrer les oiseaux!

Pendant qu'elles enfilent leurs manteaux, Léonie et trois de ses amies passent à côté d'elles.

— Vendredi? dit Léonie, en lançant un sourire narquois à Évelyne.

Et sans attendre de réponse, les quatre filles poursuivent leur chemin dans le corridor en s'échangeant des commentaires et des ricanements.

Florence jette un coup d'œil à Évelyne et hoche la tête. Ensuite, elle l'attrape par le bras et la force à la suivre jusqu'à la sortie.

— Tu n'as pas vraiment de souris mortes, non? demande Florence.

— Attends de voir! répond Évelyne avec un sourire en coin.

Avec Florence, Évelyne se sent toujours à l'aise.

Cette invitation à venir dormir à la maison pourrait être agréable, songe Évelyne... à la condition que les oiseaux se comportent bien, qu'ils plaisent à Léonie et que celle-ci n'aille pas raconter à la terre entière à quel point la maison est bizarroïde. Quel cauchemar! se dit Évelyne, en soupirant.

Dehors, la glace et la neige brillent si violemment sous les derniers rayons du soleil que les larmes lui montent aux yeux. Évelyne plisse les paupières et remonte son écharpe sur son nez.

— Hé! On fait du ski de bottine jusque chez toi! propose Florence.

Elles empruntent la rue Montcalm et grimpent au sommet d'une butte de neige. Les parterres sont recouverts d'une épaisse couche de neige immaculée qui a complètement enseveli les clôtures et, sous l'effet du vent froid, la surface s'est durcie. Si la croûte de glace est assez solide, les conditions seront parfaites, car la côte de la rue Montcalm offre la meilleure pente de la ville pour le ski de bottine!

— Vas-y la première, propose Florence.

À petits pas coulés, Évelyne s'avance avec précaution sur la surface glacée. Subitement, elle sursaute : une boule de neige vient de lui frapper l'épaule. Le tir provient de l'autre côté de la rue. Nicolas!

En tant que frère aîné, Nicolas s'accorde, depuis toujours, le droit de taquiner sa sœur et de déformer son prénom. Comme il a quinze ans, il prend plaisir à mener Évelyne par le bout du nez, mais il lui arrive aussi, pour la

protéger, de prendre à son compte certains blâmes et il aide toujours sa sœur à faire ses devoirs de mathématiques. Nicolas est agaçant mais sympathique.

— Hé, Églantine! Tu t'es finalement décidée à emmener Flo-Flo à la maison?

— Ouais. Tu connais Léonie Trudeau? Elle veut venir dormir à la maison vendredi.

Nicolas éclate de rire et lance un nouveau projectile. Évelyne l'esquive et la boule de neige éclate sur le tronc d'un érable.

— Bonne chance! lance Nicolas. Léonie m'as l'air d'une snobinarde!

— Qu'est-ce que tu vas dire à tes parents? demande Florence, en allongeant le pied pour vérifier la solidité de la glace.

— Je ne sais pas, dit Évelyne. J'imagine mal Léonie dans la clinique d'oiseaux. Elle n'a pas d'animal domestique et sa maison est tellement... Enfin, tu comprends ce que je veux dire?

À la soirée organisée par Léonie, elles avaient retrouvé leurs sacs de couchage parfaitement alignés sur le plancher d'une immense chambre où tous les jouets étaient impeccablement rangés sur les tablettes. Jusqu'aux chaussures de Léonie qui étaient au garde-à-vous dans le placard!

Aucun animal domestique, pas une boulette de poussière, pas de vaisselle sale, aucune trace de doigts nulle part. Tout était tellement propre, que cela en était presque inquiétant.

Et Léonie s'était assurée que l'état des lieux reste tel quel. Dans sa chambre, elle avait un mini-aspirateur à piles et, dès que quelque chose avait le malheur de tomber au sol, elle s'empressait de nettoyer tout de suite. Aussitôt le film terminé, Léonie s'était hâtée de laver la vaisselle et, avant que les invitées n'aillent se coucher, sa mère avait repassé chaque taie d'oreiller. Évelyne n'avait jamais vu une maison si bien tenue.

— Eh bien, je crois que tu devrais organiser cette soirée, dit Florence. Si Léonie n'aime pas ta maison, elle n'est pas forcée de revenir.

— Ouais. N'empêche que... Oh, mais j'y

pense! dit Évelyne, en se tournant si brusquement qu'elle en perd presque l'équilibre. Mon père n'a pas encore fini d'installer les armoires! Il y a encore plein de trucs de cuisine dans des cartons. À cause de ce désordre, il va peut-être refuser!

Au même moment, une boule de neige atteint Évelyne dans le cou.

— Nicolas! J'en ai plein mon chandail! hurle Évelyne.

— Désolé, Aspirine! Je visais ta tête!

Florence éclate de rire et se met à grimper sur la butte la plus haute.

— Tu sais, je ne crois pas que Léonie fasse de remarques pour quelques boîtes de carton, dit Florence, tout en avançant à petits pas, les genoux fléchis.

— Oh, Florence, ce n'est pas seulement ça, réplique Évelyne. Notre sous-sol est plein d'oiseaux, j'ai une colonie de vers de terre dans ma chambre et il y a des plumes partout! Notre maison n'est pas normale.

— Hé, pousse-mine! Tu oublies de parler de

mon serpent qui s'est sauvé de sa cage la semaine dernière. Il peut être n'importe où!

— Un serpent en liberté! hurle Florence. Pourquoi ne m'as-tu pas prévenue? Tu... OOOOUUPS!

Évelyne jette un coup d'œil par-dessus son épaule et constate que Florence a disparu. La croûte de glace est enfoncée et seul le pompon rouge de son bonnet de laine indique la position de Florence. Évelyne s'approche du cratère en s'efforçant de ne pas éclater de rire. Quand elle arrive à se relever, Florence a de la neige jusqu'aux aisselles.

— Vous avez égaré un serpent? s'écrie-t-elle, en s'essuyant le visage et en secouant la tête.

— Nous allons le retrouver bientôt, dit Évelyne, en aidant Florence à sortir du trou. Il est forcément quelque part dans la maison, les serpents ne sortent pas dehors quand il fait si froid. Viens, je vais te montrer les oiseaux.

— Perdre un serpent, faut le faire! marmonne Florence, en secouant la neige de ses cheveux.

— Je crois que Flo-Flo va bien aimer la maison! ricane Nicolas, en regardant Florence essuyer ses lunettes.

Chapitre 3

Bismarck, Tarzan, Mortimer et les autres

En arrivant à la maison, Évelyne secoue les bottes et les place sur la trappe d'air chaud. Pendant ce temps, Florence essuie ses lunettes, les remet sur son nez et écarquille les yeux, incrédule.

— C'est un chien ou un poney? demande Florence, en fixant la bête qui se tient dans le couloir.

— C'est Bismarck, répond Évelyne. C'est un dogue allemand, un danois, si tu préfères.

En entendant son nom, Bismarck hoche la tête et agite la queue. Son pelage est brun pâle et, au garrot, il est plus haut que la table.

— Il est plus lourd que mon père, continue Évelyne. Il est grand, non?

— Regarde ça! s'exclame Florence, en pointant du doigt en direction du salon.

— Lui, c'est Mortimer, répond Nicolas. C'est un ara, un perroquet d'Amérique du Sud.

Mortimer avait tiré un journal sur le canapé du salon et l'avait déchiqueté pour s'en faire un grand nid confortable.

— Il passe son temps à faire ça, dit Évelyne. Viens, je vais te montrer le désordre dans la cuisine. Tu vas comprendre pourquoi mon père n'acceptera jamais que j'aie des amies à coucher.

— Hé, les filles! Attendez de voir ça, dit Nicolas, depuis la cuisine.

Évelyne accourt et constate que les armoires sont installées et que tout a été rangé. Plus un carton qui traîne, constate-t-elle à regret.

— C'est beau, non? dit Nicolas. Papa a finalement trouvé le temps de terminer... Hé! Mon koi!

Nicolas laisse tomber son blouson par terre et se précipite vers le grand aquarium. Accroupi sur le rebord, un tout petit chaton donne des coups de pattes à la surface de l'eau. Au fond du réservoir, un poisson aux larges nageoires rouges et jaunes, plus gros que le chaton, nage en cercle, affolé.

— Je te présente Tarzan, il a huit semaines, dit Évelyne, tandis que Nicolas attrape le chaton orangé et le laisse tomber sur le plancher. Depuis le jour où Nicolas a apporté son koi, Tarzan s'est découvert une vocation de pêcheur! ajoute Évelyne, le sourire aux lèvres. Tu veux de la limonade?

— Je... euh.... s'il te plaît, oui, dit Florence, en regardant Tarzan, tout trempé, patiner sur le carrelage. Qu'est-ce qu'un koi?

— C'est une sorte de poisson rouge originaire du Japon, répond Évelyne, en enjambant Tarzan qui a entrepris de se sécher en se roulant dans le blouson de Nicolas. C'est un poisson qui peut atteindre trente centimètres de longueur.

Tandis qu'Évelyne verse la limonade dans les verres, Florence ramasse une bonne demi-douzaine de plumes jaunes et bleues éparpillées sur la table.

— Oh, Florence, qu'est-ce que je vais faire? demande Évelyne. Et si je disais que ma mère ne veux pas me donner la permission?

— Tu sais très bien que c'est faux. Sans compter que Léonie va en profiter pour continuer à t'embêter. Pourquoi ne pas te débarrasser de ça une bonne fois pour toutes?

— Flo-Flo a raison, tu sais, dit Nicolas, en soulevant Tarzan pour récupérer son blouson. Tu dois faire face à la musique! ajoute-t-il, en descendant l'escalier du sous-sol.

Ils ne comprennent rien, se dit Évelyne, en fronçant les sourcils. Les amis de Nicolas trouvent que les oiseaux sont super et, quant à

Florence, comme elle a toujours vécu ici, personne ne fait d'histoire à son propos.

— À part toi, je ne connais personne ici, et je n'ai pas envie que Léonie se mette à raconter des histoires sur mon compte, explique Évelyne, en tendant un verre de limonade à Florence. Je l'ai! Je vais tomber malade!

— Mais, vendredi, c'est dans deux jours! Léonie va deviner que tu joues la comédie, réplique Florence, tout en observant d'un œil amusé le manège de Tarzan.

Pendant qu'elles discutent, le chaton grimpe aux rideaux, saute sur l'appui de la fenêtre et longe la vitre en tortillant sa petite queue pour garder son équilibre.

— Hé! Je vais dire que ma mère attend de la visite!

— Et Léonie va raconter à tout le monde que tu as la trouille.

Pendant ce temps, Tarzan se recroqueville et bondit en direction du rebord de l'aquarium. Ayant mal calculé son élan, il atterrit un mètre plus bas, dans le bol d'eau de Bismarck.

Florence éclate de rire et s'étouffe avec sa limonade.

— Maintenant, est-ce que je peux voir les oiseaux? demande-t-elle, en essuyant une larme.

Le moment est venu, se dit Évelyne, en poussant un long soupir.

En atteignant le pied de l'escalier, Florence reste bouche bée. En attendant que Florence retrouve la parole, Évelyne jette un regard circulaire dans la pièce.

On pourrait se croire dans une bibliothèque, à cette différence que le devant des tablettes est recouvert de grillage métallique, transformant chaque casier en cage. Des balais, des boîtes de carton et des seaux sont empilés pêle-mêle au milieu de la pièce, et de grands sacs de plastique orange, remplis de feuilles mortes et de brindilles, sont ouverts au pied des cages.

Il y a des plumes partout et le vacarme assourdissant des oiseaux emplit la pièce. Dans un coin, Nicolas s'affaire à transvider le contenu d'un énorme sac de graines de tournesol dans un bac de plastique.

— Wow! Je n'aurais jamais pu imaginer ça! s'exclame Florence, en criant presque pour couvrir les piaillements et les cris stridents des oiseaux.

— Durant le jour, mes parents travaillent au Centre d'hébergement pour animaux sauvages. Comme il n'y a pas de place pour les oiseaux, nous gardons ici ceux qui sont malades jusqu'à ce qu'on puisse les remettre en liberté, explique Évelyne, tout en ramassant un rouleau de gaze qui vient de tomber de la tablette de la pharmacie. Dans notre ancienne maison, nous faisions la même chose.

Florence fait lentement le tour de la pièce, en jetant un coup d'œil dans chaque casier.

— Qu'est-ce que c'est comme oiseau? demande-t-elle, en touchant le grillage d'une cage où sautille un petit oiseau au plumage jaune.

— C'est une fauvette à tête fauve, répond Évelyne. Celui-ci est un oiseau domestiqué qui s'est brisé une aile en se frappant dans une vitre.

Subitement, un cri strident retentit dans la pièce faisant sursauter Florence. Elle fait un pas en arrière, s'accroche dans un balai et tombe à la renverse dans un sac de feuilles mortes.

— Qu'est-ce que c'était?

— C'est la buse à queue rousse, dit Évelyne, en pointant vers une grande cage dans le coin de la pièce. Elle s'est prise dans un piège et s'est cassé la patte. D'ici un mois, nous pourrons la relâcher.

Le grand oiseau au plumage brun et blanc leur tourne lentement le dos, puis déploie les plumes rousses de sa queue. Subitement, il se retourne, fait face à Florence et lance un nouveau cri strident.

— On ne peut pas dire qu'il soit très sympathique, remarque Florence, en enlevant les feuilles mortes accrochées à son jean.

— Ce sont des oiseaux sauvages, pas des animaux de compagnie, rétorque Nicolas, en levant les yeux au ciel. Si nous commençons à les domestiquer, ils ne pourront jamais retourner dans la nature, dit-il, en attrapant une poubelle qu'il traîne devant les cages. Grouille, Valvoline! C'est bientôt l'heure de préparer le dîner.

— Il ne pense qu'à bouffer! chuchote Évelyne, en enfilant une vieille paire de gants de cuir.

Elle entrouvre une cage et attrape délicatement la petite mésange qui s'y trouve. Nicolas roule en boule les vieux journaux souillés et lave rapidement les côtés et le fond de la cage.

— Bon, c'est l'heure de manger, dit Nicolas, en jetant un coup d'œil à sa montre. Vous deux, nettoyez la cage de la buse, ensuite vous sortirez les myrtilles du congélateur.

En entendant la voix de Nicolas, la buse pousse un nouveau cri.

— Je me charge des myrtilles, dit Florence, en rajustant ses lunettes.

— Tu es une vraie poule mouillée, Flo-Flo!

dit Nicolas, en se moquant d'elle. Tu as peur de te salir les mains?

Sans répliquer, Florence se dirige vers les deux congélateurs situés sous l'escalier et soulève le couvercle du plus grand.

— Évelyne! chuchote Nicolas, le sourire aux lèvres. Tu lui as parlé des souris?

Au même moment, un long cri de terreur retentit dans la pièce.

— HAAAA—AAAYE!!! hurle Florence, les yeux rivés sur le contenu du congélateur.

Chapitre 4

Du café pour Mortimer

— Des souris! s'écrie Florence, en frissonnant et en s'éloignant du congélateur.

— Oh, Florence, je suis désolée, dit Évelyne. J'ai oublié de te dire que les myrtilles sont dans le petit congélateur. Le grand contient la nourriture des oiseaux.

Nicolas rit tellement qu'il se laisse tomber par terre.

— Avec quoi crois-tu qu'on nourrit les aigles

et les hiboux? dit-il, entre deux éclats de rire. Du maïs soufflé, peut-être? ajoute-t-il, avant de se remettre à rire de plus belle.

— Nicolas! Ça suffit! intervient Évelyne. Ça va, Florence?

— Je crois que oui, répond Florence, en essuyant ses mains sur son jean et en rajustant son pull. De toute manière, je ferais mieux de rentrer à la maison, je suis déjà en retard pour le dîner.

— Ne sois pas idiote, dit Nicolas, en continuant de ricaner. Ce sont simplement des souris!

— Je serais curieuse de voir Léonie en prendre une par la queue, dit Florence d'un ton dédaigneux, en remontant l'escalier.

Évelyne pousse un grognement d'approbation. Le nettoyage des cages l'avait tellement absorbée qu'elle en avait oublié cette histoire d'invitation. Hé! J'ai la solution! pense-t-elle, en se disant que, ce soir, elle allait tout simplement oublier de demander la permission à ses parents. À la dernière minute, ils n'accepteront jamais!

Tandis qu'Évelyne dit au revoir à Florence, la voiture de ses parents remonte l'allée et s'immobilise devant la porte.

— Bonne chance! lance Florence, en agitant la main avant de traverser la rue.

Quand Évelyne s'installe à table pour manger, Mortimer, le perroquet, bondit au milieu de la table et vient monter la garde à côté de son napperon. Avec un hochement de tête réprobateur, Évelyne place un morceau de pomme de terre sur la table et Mortimer s'en empare aussitôt. Évelyne ne peut s'empêcher de sourire. Après tout, se dit-elle, est-ce grave si Mortimer a de mauvaises manières à table? Je n'ai qu'à oublier de demander la permission et Léonie ne pourra pas venir à la maison. Avec un peu de chance, elle oubliera probablement toute cette histoire.

— Hé, p'pa, commence Nicolas, en étalant de la compote de pommes sur sa troisième côtelette de porc. Est-ce qu'Évelyne t'a parlé de son idée de...

Il s'interrompt brusquement au milieu de sa phrase. Sous la table, Évelyne vient de lui donner un solide coup de pied sur la jambe.

— Alors quoi? dit-il, avec un sourire en coin. Tu n'as pas encore parlé de ton invitation?

Évelyne lui lance un regard noir, mais Nicolas regarde ailleurs, occupé à donner un cornichon à Mortimer. Elle essaie de lui donner un autre coup de pied, mais il a pris la précaution de déplacer sa jambe.

— De quoi voulais-tu nous parler, Évelyne? demande son père.

— Je... hum..., commence Évelyne, en s'éclaircissant la voix. Est-ce que je peux inviter mes amies à coucher vendredi?

S'il te plaît, dis non! Dis non! Non! Non! pense Évelyne, en attendant la réaction de son père.

— Bien sûr, répond son père. Maintenant que les armoires de cuisine sont installées, il n'y a plus de problème.

— Combien d'amies puis-je inviter, demande Évelyne, en s'adressant à sa mère.

Une seule, hein? Pas deux?

S'il te plaît, réponds : une seule! Pas deux!

— Deux, c'est très bien, répond sa mère. Vous pourrez installer vos sacs de couchage dans le salon.

— Vous allez dormir avec Bismarck, Tarzan et Mortimer! s'esclaffe Nicolas, tandis que Mortimer essaie de tirer la côtelette d'Évelyne hors de son assiette.

— Est-ce qu'on pourrait manger de la pizza et de la crème glacée? S'il vous plaît? Juste pour cette fois?

S'il vous plaît, dites oui! Oui! Oui! supplie mentalement Évelyne, en attendant la réponse de ses parents.

— Oh, Évelyne! Tu sais bien que le vendredi, nous avons l'habitude de manger des bâtonnets de poisson. De toute manière, tu adores ça.

Évelyne n'a rien d'autre à dire. Bientôt, se dit-elle, Léonie pourra raconter au monde entier à quel point leur maison est bizarre et mal tenue.

Au même moment, Mortimer prend bruyamment son envol, se pose sur le comptoir et se met à donner des coups de bec sur la cafetière.

— Tu n'as rien d'autre à demander, Évelyne? demande son père, tout en se levant pour se verser une tasse de café.

— Léonie va dire à toute l'école que nous sommes bizarres, répond-elle, tandis que Mortimer revient se poser sur la table, à côté du sucrier.

— Et pourquoi dirait-elle ça? demande son père, en posant la tasse à côté de Mortimer avant d'y verser une cuillerée de sucre.

— Parce que j'ai un élevage de vers de terre dans ma chambre, parce que Mortimer mange à même nos assiettes, parce que le sous-sol est plein d'oiseaux et... et parce que nous ne mangeons jamais rien de bon! réplique Évelyne, en s'arrêtant brusquement, un sanglot dans la gorge, les yeux fixés sur son assiette presque vide.

Moment de silence.

Seuls Nicolas et Mortimer continuent de manger. Mortimer attrape la tasse avec une de ses pattes et, de son épaisse langue noire, commence lentement à laper le café.

— Et parce que le café n'est pas fait pour les perroquets! ajoute Évelyne, en marmonnant.

— Évelyne, je suis désolé que tu aies honte de notre maison, répond son père, mais tu le sais, nous nous sommes engagés à prendre soin de ces oiseaux. Quant à Mortimer, je n'y peux rien, ajoute-t-il. Sans son café, il devient tout bonnement neurasthénique.

Du coin de l'œil, Évelyne observe Mortimer. Du café coule au coin de son bec, de grosses gouttes brunes roulent sur le plumage de sa poitrine et il a un morceau de cornichon coincé entre les orteils.

Pendant que tout le monde finit de manger en silence, Évelyne pousse ses haricots verts en bordure de son assiette. Comment les choses pourraient-elles être pire? se demande-t-elle.

Chapitre 5

Ton sac à dos
bouge tout seul

— Je vous rappelle que la lecture est une activité silencieuse! Et comme vous devez me remettre votre rapport de lecture vendredi, je vous rappelle, du même coup, que vendredi, c'est demain. Alors, je veux vous voir le nez dans vos livres!

Monsieur Ouellette est de mauvaise humeur et tous les élèves se mettent à lire en silence.

Même Léonie cesse de jacasser.

Évelyne relit la même phrase trois fois. Elle n'arrive pas à se concentrer.

— Psssst!

Évelyne relève les yeux et aperçoit Florence, la tête tournée vers elle.

— Quoi? chuchote Évelyne.

— Qu'est-ce que ton père a dit?

— Il a dit oui.

— Quoi?

— Il a dit oui, répète Évelyne, en haussant le ton.

— Daphnée-Évelyne Godbout! dit monsieur Ouellette, d'un ton exaspéré. Tenez-vous vraiment à faire profiter toute la classe de votre captivante conversation?

— Non, monsieur Ouellette. Désolée.

— Dans ce cas, continuez à lire, ordonne monsieur Ouellette. Et en silence! complète-t-il, en insistant sur le dernier mot.

Évelyne baisse les yeux et se mord la lèvre. Elle sent son pouls s'accélérer et son visage chauffer.

Quand arrive l'heure du cours d'éducation physique, Évelyne n'a même pas terminé la lecture du premier chapitre. Elle attrape son sac à dos et se rend au gymnase en compagnie de Florence.

— Hé! Attendez! leur crie Léonie, en se hâtant de les rattraper.

Ça y est! se dit Évelyne. Voilà ma dernière chance de me sortir de ce mauvais pas. Mais comment?

— Ma mère dit que je peux aller coucher chez toi. Ça tient toujours pour vendredi?

— Je suppose.

— Super! J'espère qu'il y aura de la pizza. À plus tard!

Léonie s'en va retrouver ses amies en tortillant une de ses boucles d'oreilles.

— Cesse de froncer les sourcils, dit Florence. Tout va bien se passer.

— Bien sûr! Nous allons passer une soirée formidable! ronchonne Évelyne, en lançant son sac sur son épaule avec un air renfrogné. Mon père a dit pas de pizza, pas de crème glacée, et je suis certaine que Léonie va adorer dormir dans un zoo.

Rendue dans le vestiaire, Évelyne laisse tomber son sac sur le banc.

— Léonie ne comprendra rien à cette histoire de clinique pour oiseaux sauvages.

— Oh, yark! s'exclame Florence, en ouvrant son sac et en rajustant ses lunettes. J'ai oublié de mettre mon chandail au lavage et il a passé la nuit au fond de mon sac. Regarde-moi ça! dit-elle, en tenant son tee-shirt froissé à bout de bras.

Évelyne éclate de rire. Il n'y a que Florence pour se vexer devant un chandail de gym froissé. Florence est toujours tirée à quatre épingles.

— Si tu n'aimes pas les vêtements froissés, c'est une bonne chose que tu n'aies pas nettoyé les cages des oiseaux. Là, tu aurais été carrément sale.

— Hé, Évelyne...

— De toute manière, ce n'est qu'un chandail de gym!

— Évelyne...

— Hé, je l'ai! J'ai vu l'ancienne cage de Mortimer dans le garage. Je n'ai qu'à l'enfermer dedans et le mettre au sous-sol avec les autres oiseaux. Comme ça, Léonie ne verra que Bismarck et Tarzan. Qu'est-ce que tu en dis?

— ÉVELYNE! s'écrie Florence.

— Quoi?

— Ton sac à dos! Il bouge tout seul!

Brusquement, un lourd silence tombe sur le vestiaire. Tout le monde a les yeux rivés sur le sac d'Évelyne dont le fond se tend et se détend, comme un accordéon.

Léonie entre dans le vestiaire au moment où Évelyne ouvre son sac.

Faites que ce ne soit pas Mortimer! S'il vous plaît, pas Mortimer! Pas Mortimer! se dit Évelyne.

Comme aucun oiseau ne sort du sac, elle l'attrape par le fond et le vide sur le banc.

Léonie pousse un hurlement et se précipite dans un coin du vestiaire. Une demi-seconde plus tard, c'est toute la classe qui se retrouve agglutinée autour d'elle.

Le souhait d'Évelyne vient d'être partiellement exaucé : ce n'est pas Mortimer... c'est le serpent égaré!

Chapitre 6

Le serpent est retrouvé

—Je peux savoir ce qui se passe ici?

C'est madame Froissard, la directrice de l'école. Elle est debout dans l'embrasure de la porte et regarde Évelyne d'un œil sévère.

Dans le vestiaire, des vêtements épars jonchent le plancher et les élèves terrorisés sont regroupés dans le coin le plus éloigné. Florence est assise sur le banc et s'efforce de reprendre son sérieux, tandis qu'Évelyne tient à la main un serpent plus long que son bras en se demandant quoi répondre.

— Évelyne! Qu'est-ce que tu fais avec ce serpent? demande madame Froissard.

— Il était dans mon sac à dos, madame Froissard. Je ne sais pas ce qu'il faisait là, je vous jure que je ne l'ai pas fait exprès! répond Évelyne, les joues en feu.

— Florence, cesse de ricaner, je t'en prie! ordonne la directrice, d'une voix décidée. Et les autres, ramassez vos vêtements et préparez-vous pour le cours. Il n'y a rien à craindre, ce serpent est inoffensif.

Florence retire ses lunettes et s'essuie les yeux. L'air indécis, les autres élèves ne bougent pas de leur coin.

— Allez, allez, hâtez-vous les filles! Vous allez être en retard pour le cours. Et toi, Évelyne, viens avec moi, dit madame Froissard, en sortant du vestiaire.

En tenant son serpent bien haut pour ne pas lui marcher sur la queue, Évelyne s'empresse de rattraper la directrice en s'attendant au pire. Madame Froissard a le visage tout rouge. Elle porte la main à sa bouche et se met à hoqueter. Les larmes lui montent aux yeux, puis, subitement, elle éclate de rire!

— Oh, Évelyne! dit-elle, en retirant ses lunettes pour s'essuyer les yeux. En quinze ans d'enseignement dans cette école, c'est bien la première fois qu'un élève amène un serpent à l'école par accident!

Madame Froissard déniche une boîte de carton et y poinçonne une série de trous. Quand Évelyne y dépose son serpent, elle se rend compte que la directrice fait encore des efforts pour ne pas éclater de rire.

— Est-ce que je dois nourrir cette bestiole ou ça ira d'ici à ce que tu la ramènes à la maison?

— Ça ira, madame Froissard. Je vous remercie, répond Évelyne.

— Maintenant, retourne vite à ton cours! Et, surtout, n'oublie pas de reprendre ton serpent à la fin de la journée!

Quand Évelyne arrive au gymnase, les exercices de réchauffement sont presque terminés. Elle se change en vitesse et vient prendre son rang dans la file où chacune attend son tour pour prendre le départ d'une course à obstacles.

Florence est la première en ligne, Léonie deuxième et Évelyne troisième. Léonie recule de deux pas pour se mettre à la hauteur d'Évelyne.

— Tu as eu une retenue? demande Léonie.

— Non.

— Tu n'as pas eu de punition?

— Pas vraiment. Madame Froissard a remis le serpent dans une boîte et m'a dit de ne pas oublier de le reprendre à la fin de la journée. Elle a même trouvé ça drôle.

— Tu en as de la chance! Dis donc, si c'est comme ça chez toi, nous allons passer une soirée assez spéciale!

— C'est un accident, Léonie! À la maison, il n'y a rien de spécial, c'est tout simplement... différent, réplique Évelyne, le feu aux joues, la poitrine serrée et un picotement dans les yeux. Tu vas passer la meilleure soirée de ta vie!

— Pourquoi te mets-tu en colère? C'était une blague.

Léonie lance un sourire à Évelyne, puis s'élance vers les obstacles. Tout le monde a les yeux fixés sur elle. Léonie aura probablement le meilleur résultat, comme d'habitude.

— Tu es toute rouge, remarque Florence, en venant reprendre sa place derrière Évelyne. Qu'est-ce qu'elle t'a dit?

— Que nous allions passer une soirée spéciale.

— Et qu'as-tu répondu? demande Florence, en plissant les paupières.

— Je lui ai promis qu'elle passerait la meilleure soirée de sa vie, répond Évelyne, en hochant la tête. Je crois que j'aurais mieux fait de me taire!

— Enfin, ce sera certainement une soirée qu'elle n'oubliera pas! réplique Florence, en pouffant de rire.

— C'est bien ce que je crains, grogne Évelyne.

Chapitre 7

Nuit fraîche

— **M**erci d'avoir retrouvé mon serpent, dit Nicolas, en sortant son troisième sandwich au fromage du grille-pain. Je t'en dois une.

— Alors, aide-moi à me sortir de cette histoire d'invitation, réplique Évelyne, en relevant les jambes pour permettre à Bismarck de se glisser sous la table.

— Évelyne, arrête! Mes amis sont venus la semaine dernière, il n'y a rien là! dit Nicolas, en jetant un coup d'œil à Tarzan qui vient de sauter sur le comptoir, juste à côté de l'aquarium. De toute manière, Léonie verra la place un jour ou l'autre, alors pourquoi ne pas régler ça au plus vite?

Tarzan se redresse sur ses petites pattes arrière et se met à frapper sur la vitre de l'aquarium. En entendant le bruit, Bismarck se redresse brusquement et, sans même s'en rendre compte, soulève la table en renversant le saladier et le bol de fruits.

— Bismarck! Assis! s'écrie Évelyne, en rattrapant les pommes qui roulent sur la table.

Avec un grognement, Bismarck se recouche. Au même moment, Mortimer vient se poser sur la table et s'immobilise à côté de l'assiette d'Évelyne.

— Oh, Nicolas! Imagine ce que Léonie va dire quand elle va voir cette maison de fous!

— Tu n'as qu'à la faire asseoir au salon, dit Nicolas, en retirant Tarzan du rebord de l'aquarium.

— Je comptais mettre Mortimer au sous-sol,

dans sa cage, dit Évelyne, d'une voix mal assurée. Ce serait juste pour une nuit. Je pourrais verrouiller la porte du sous-sol, comme ça Léonie ne verrait rien.

— Réveille, pousse-mine! grogne Nicolas, en sortant son quatrième sandwich au fromage du grille-pain. La semaine dernière, papa a mis un geai bleu dans la vieille cage de Mortimer. Ensuite, je te rappelle qu'il n'y a jamais eu de verrou sur la porte du sous-sol. De toute manière, continue Nicolas, en mettant du sucre dans le café du perroquet, Mortimer ne peut pas sauter de repas. En plus, tu sais très bien que, sans son café, il se met à déprimer.

Sur les entrefaites, Mortimer saute sur le rebord de la tasse pour boire. La tasse bascule et le café se répand sur la table. Affolé, le perroquet s'envole dans un assourdissant bruissement d'ailes.

Évelyne grogne de mécontentement. Le saladier s'est renversé et le café coule sur le plancher.

Bruno ramasse la salade et la remet dans le bol. Ensuite, il se lève et va la jeter dans la poubelle.

— Vaseline! Occupe-toi d'essuyer le café, dit-il. Je crois que le chat du voisin gratte encore à la porte.

Évelyne pousse un long soupir et se lève de table. Elle essuie les dégâts, puis sert une nouvelle tasse de café à Mortimer. Pas de pizza, pas de crème glacée et une armée d'oiseaux... belle soirée en perspective!

La porte d'entrée claque et Nicolas revient dans la cuisine.

— C'est encore ce crétin de chat, grogne-t-il. C'est le cinquième oiseau qu'il tue depuis que nous sommes ici. Si seulement il pouvait perdre cette habitude de déposer les cadavres à notre porte!

— Il est toujours dehors, dit Évelyne. Il doit avoir de la difficulté à se nourrir. Tu ne crois pas que j'ai raison? Tarzan, lui, n'attaque jamais nos oiseaux.

Avec un grognement, Nicolas retire ses

bottes, puis va se laver les mains.

Pendant ce temps, Évelyne a une idée. Comme son père a l'habitude de passer à l'épicerie le vendredi, Évelyne se dit qu'il a peut-être prévu lui faire une surprise. Elle s'approche du réfrigérateur, mais la liste d'épicerie n'est plus là.

— Laisse tomber, vitamine, dit Nicolas, en se laissant tomber sur sa chaise. Si papa veut te faire une surprise, ne compte pas sur lui pour laisser sa liste d'épicerie bien en vue au milieu de la place, conclut Nicolas, en vidant son verre de lait d'un trait.

Évelyne fronce les sourcils et jette un coup d'œil à Bismarck, toujours couché sous la table. Quand il se rend compte qu'elle le regarde, tout heureux, il se met à tambouriner sur le plancher avec sa queue.

— Bon chien, Bismarck, murmure Évelyne.

En entendant prononcer son nom, Bismarck se relève pour s'approcher d'Évelyne et, encore une fois, il soulève la table du sol. Nicolas a tout juste le temps d'éviter la catastrophe en attrapant vivement son assiette d'une main et le litre de lait de l'autre.

— Bismark! Couché! s'écrie Nicolas, tandis que les journaux glissent sur la table et s'éparpillent sur le plancher. Brillante idée, mélatonine!

En ramassant le fouillis, Évelyne tombe sur la liste d'épicerie. Elle devait se trouver sur la table, sous la pile de journaux. Évelyne jette un coup d'œil rapide à la liste et son cœur se serre. Pas de pizza, pas de crème glacée, pas même une bouteille d'eau gazeuse. Pire, son père compte acheter des bâtonnets de poisson.

— Je n'invite pas Léonie ici, tranche Évelyne, provoquant un haussement d'épaules chez Nicolas.

L'invitation n'est que pour demain soir, se dit Évelyne. D'ici là, j'ai le temps d'attraper la grippe.

Ce soir-là, après avoir enfilé son pyjama, Évelyne ouvre la fenêtre de sa chambre toute grande. Elle inspire une grande bouffée d'air glacé et se met à frissonner. Un refroidissement peut donner la grippe, songe-t-elle. Demain matin, je serai malade, c'est sûr.

Chapitre 8

Accueil mouvementé

Elles seront là d'une minute à l'autre, se dit Évelyne, en jetant un coup d'œil par la fenêtre. Je n'ai pas la moindre chance d'arranger ça avant qu'elles arrivent.

Évelyne ramasse les serviettes de bain trempées et les jette sur son lit. Quel gâchis! La moquette est trempée, les rideaux sont trempés et, sous la fenêtre, une large bande de papier peint s'est décollée.

La journée avait déjà été assez éprouvante comme ça! Non seulement s'était-elle éveillée complètement frigorifiée dans un lit couvert de neige, mais monsieur Ouellette leur avait également fait cadeau d'un autre test surprise en mathématiques. Et maintenant, la catastrophe! Sa chambre complètement détrempée. Et tout cela pour rien, pas le moindre petit mal de gorge, pas même la goutte au nez!

— À quoi as-tu pensé, Catastrophine? lui crie Nicolas, en emportant le bac contenant son élevage de vers de terre. Tu aurais pu tuer toutes tes plantes et détruire ton élevage de vers. Pire, tu aurais pu attraper une pneumonie! continue-t-il, sa voix s'amenuisant au fur et à mesure qu'il s'éloigne dans le couloir.

Évelyne s'empare de son bâton de colle et en applique à l'endos de la bande de papier peint. Elle essaie de le remettre à plat sur le mur, mais à chaque fois qu'elle retire ses mains, le papier retombe mollement au sol.

— Donne-moi une seule bonne raison pour que je n'en parle pas à maman, demande Nicolas, qui est de retour du sous-sol.

Debout dans l'embrasure de la porte, il a, à la main, un pot de colle à papier peint et un pinceau.

— Parce qu'hier, tu m'as dit que tu m'en devais une, réplique Évelyne, en vidant l'eau du pot de sa fougère.

— Tu aurais dû m'en parler avant que nous partions pour l'école, marmonne Nicolas, en appliquant de la colle sur le mur. Tout ça n'aura jamais le temps de sécher avant que Léonie et Flo-Flo arrivent.

— Ça n'a pas vraiment d'importance, dit Évelyne, en fronçant les sourcils. Léonie ne vient ici que pour voir les oiseaux, dit-elle, en éloignant Mortimer du pot de colle. Quant à la neige, je n'avais pas pensé qu'elle allait fondre.

Nicolas secoue la tête et lève les yeux au ciel, puis, sans un mot, il soulève la bande de papier peint et la plaque délicatement contre le mur.

— Tu n'as jamais remarqué le calorifère sous ta fenêtre, capucine? dit-il, en se relevant. Flo-Flo arrive, constate Nicolas, en jetant un coup d'œil par la fenêtre.

Évelyne se précipite dans l'escalier pour aller ouvrir la porte. Pendant que Florence secoue longuement ses bottes sur le paillasson avant de se décider à entrer, la neige s'engouffre dans le vestibule.

— Regarde! Je me suis même habillée exprès pour te donner un coup de main, dit fièrement Florence, en ouvrant son manteau pour montrer qu'elle porte un vieux chandail et un jean délavé. Dis donc, sais-tu qu'il y a un chat dans l'arbre qui essaie d'atteindre votre mangeoire à oiseaux?

À ces mots, Nicolas se précipite à la porte et l'ouvre brusquement.

— Léonie arrive! hurle-t-il, en enfilant ses bottes en vitesse.

Évelyne retient la porte moustiquaire pour permettre à Léonie de rentrer et à Nicolas de sortir.

— Salut Évelyne. Qu'est-ce qu'il fait? demande Léonie, en regardant Nicolas poursuivre le chat dans l'allée.

— Il essaie de faire peur au chat du voisin pour l'éloigner de la mangeoire, dit Évelyne. Cet idiot s'amuse à tuer les fauvettes.

— L'été dernier, j'ai vu un chat tuer un oiseau, dit Léonie. C'était affreux! conclut-elle, en plissant le nez.

— Tu es, euh... Ce que tu portes est très joli, Léonie, dit Florence, en la regardant retirer son manteau.

Léonie porte une robe mauve toute neuve et des boucles d'oreilles dorées. Ses cheveux sont coiffés en queue de cheval et sont retenus par une large barrette, dorée également.

— Merci. Je n'aime pas avoir l'air négligée, dit Léonie, en jetant un coup d'œil réprobateur sur le jean de Florence. Qu'est-ce que c'est que cette odeur? demande-t-elle, en relevant la tête pour renifler l'air.

— Ce sont les oiseaux, dit Évelyne.

— Ça pue, dit Léonie, en plissant le nez et en

tripotant ses boucles d'oreilles. Pourquoi ne les gardez-vous pas à l'extérieur?

— Parce qu'ils sont blessés, répond Nicolas, en retirant ses bottes. La plupart ne pourraient pas survivre à des températures trop froides ou trop chaudes.

—Humph, fait Léonie, en rajustant sa queue de cheval, l'air ennuyé. Bon, par où commençons-nous? Tu sais, tu dois absolument me faire visiter cette cabane à moineaux.

— Tu n'es pas vraiment habillée en conséquence, intervient Florence, l'œil mauvais. D'autre part, ce n'est pas une cabane à...

Subitement, le plancher se met à trembler et Bismarck arrive au galop, fonçant droit vers Léonie. Agitant la queue pour marquer sa joie, il se met à lécher le visage et les cheveux de Léonie de sa longue langue baveuse.

— Au secours! s'écrie Léonie, en tombant à la renverse tout en essayant de se couvrir le visage. Dites-lui de s'en aller!

— Bismarck! Non! crie Évelyne.

Bismarck s'arrête et fait demi-tour en direction de la cuisine, en emportant dans sa gueule la barrette de Léonie.

Une fois le chien parti, Léonie se relève. Elle a les cheveux défaits, le visage trempé et sa robe est toute froissée.

— Yark! Qu'est-ce que c'était ça? s'indigne Léonie, en essayant d'essuyer la bave qui lui colle au visage.

— C'est Bismarck, répond Florence. Je pense que ta barrette lui a plu.

— On n'aime pas avoir l'air négligée, hein? dit Nicolas, avec un sourire en coin. Tu disais que tu voulais voir les oiseaux, c'est ça? Venez avec moi.

En descendant l'escalier à la suite d'Évelyne et de Nicolas, Florence ne peut retenir un petit rire narquois. Pour une fois, Léonie ne trouve rien à dire. Elle se contente de suivre, les sourcils froncés.

Rendue au pied de l'escalier, Léonie s'immobilise, bouche bée.

— Comment? Euh... Pourquoi...

Finalement, elle ferme la bouche et hoche la tête, incrédule.

— Ils sont tous soit blessés, soit malades, explique Évelyne. Nous les soignons avant de les remettre en liberté dans la nature.

Évelyne compte faire remonter Léonie en vitesse, mais Nicolas se met à remplir les bols d'eau et Florence contourne une pile de boîtes de carton et s'immobilise devant la première rangée de cages.

— Hé, je n'ai pas regardé de ce côté-ci, hier. Celui-là, c'est quoi? demande-t-elle, en pointant du doigt en direction d'un gros hibou gris dont les plumes remontent comme des oreilles de chaque côté de la tête.

— C'est un Grand-Duc d'Amérique, dit Évelyne.

HOOOU! HOOOU! HOOOU!

Le cri est si puissant que Tarzan sursaute et rabat les oreilles vers l'arrière de sa tête. Ensuite, il s'enfuit à toute vitesse, en faisant tomber le balai sur son passage.

— C'est fort! gémit Léonie, en se bouchant les oreilles.

— Qu'est-ce qu'il a? demande Florence, les yeux tout ronds.

— Des parasites intestinaux, répond Nicolas.

— Des quoi intestinaux? demande Florence, en se tournant vers Nicolas.

— Des parasites, répond Évelyne. Il avait un ver solitaire et Nicolas lui a donné un sirop vermifuge. Quand il aura repris du poids, nous pourrons le laisser partir.

Tandis qu'Évelyne parle, le hibou descend de son perchoir et vient manger dans son bol.

— Yark! Qu'est-ce qu'il mange? demande Léonie, en s'éloignant de la cage.

— Une souris! répond Florence, en ricanant. Si tu as faim, il y en a encore quelques douzaines dans le congélateur.

— C'est complètement cinglé! dit Léonie, en regardant Florence avec des yeux exhorbités.

Florence hausse les épaules et continue son inspection.

— Et ceux-ci? demande-t-elle, en montrant deux petits oiseaux jaunes et verts, perchés côte à côte sur une branche.

— Des inséparables. Ce sont des bébés. Quand ils seront plus grands, il faudra trouver des gens pour les adopter, explique Évelyne.

Tout en parlant, elle s'empare d'un balai et le braque vers Tarzan qui détale à toute vitesse vers le sommet de l'escalier. En entendant la voix d'Évelyne, les inséparables se mettent à piailler et à battre des ailes.

— On les a laissés au Centre, la semaine dernière. Comme c'est moi qui les nourris, explique Évelyne, ils me prennent pour leur mère.

— C'est vraiment très, très original, dit Léonie, en hochant la tête.

En revenant vers l'escalier, elle passe devant l'ancienne cage de Mortimer et met le pied dans un tas de fiente d'oiseaux.

— Oh, yark! s'exclame-t-elle, en se mettant à sautiller sur un pied. Vous ne faites jamais le ménage ici? dit-elle, d'un ton aigre, tout en s'essuyant la plante du pied avec un bout de carton.

— Oh que oui! répond Nicolas. En fait, nous faisons le ménage tous les jours et vous en avez de la chance que je vous donne congé pour ce soir, bande de petites pimbêches.

— Humph! fait Léonie, en remontant vivement l'escalier.

— Eh bien, elle aura vu le sous-sol, chuchote Florence, en remontant lentement. Et ça s'est plutôt bien passé, non?

Au même moment, un hurlement se fait entendre. Florence et Évelyne se précipitent vers le haut de l'escalier et aperçoivent Léonie qui agite les bras comme les ailes d'un moulin à vent. Elle se frappe contre le mur et essaie d'agripper Mortimer qui, lui-même, est agrippé à son épaule.

— Mortimer! Non! crie Évelyne.

— À l'aide! Il me mord l'oreille! Aidez-moi! Au secours! couine Léonie.

Chapitre 9

Une oie dans la baignoire

Évelyne attrape Mortimer et le chasse vers le salon, puis revient vers Léonie qui est assise sur le plancher de la cuisine, les larmes aux yeux et les deux mains rivées sur ses oreilles.

— Laisse-moi voir ça, dit Nicolas, en essayant d'écarter les mains de Léonie.

D'abord hésitante, Léonie se laisse convaincre et découvre lentement ses oreilles. Elle ne porte aucune trace de blessure, mais une de ses boucles d'oreilles a disparu. Tandis que Florence scrute le plancher pour retrouver le bijou, Évelyne part à la recherche de Mortimer.

Elle le retrouve perché sur une tablette de la bibliothèque, en train de s'aiguiser le bec en faisant des bruits bizarres avec sa langue.

Évelyne tend la main, et Mortimer recrache un petit bout de métal doré, la boucle d'oreille de Léonie. Elle a été mâchouillée et l'attache est complètement écrasée.

— Je crois que Léonie ne se plaît pas chez nous, dit Nicolas, en forçant Bismarck à quitter le canapé.

— Je crois qu'elle n'a pas l'habitude des animaux, répond Évelyne, en essuyant la boucle d'oreille sur sa chemise.

Elle se rend ensuite à la cuisine et, légèrement embarrassée, remet sa boucle d'oreille à Léonie.

— Euh... Voici. La bonne nouvelle, c'est que tu n'es pas blessée, dit Évelyne, en essayant d'avoir un ton léger.

— Il voulait me mordre, gémit Léonie.

Toujours assise à même le plancher, elle se frictionne encore l'oreille, tandis que Tarzan, lui, se frotte à son dos.

— Léonie, dit Évelyne, en hochant la tête. Mortimer a pris ta boucle d'oreille pour une tique, et il voulait simplement te l'enlever. C'est ce que font les oiseaux quand ils font leur toilette entre eux.

Mortimer arrive dans la cuisine en volant et se pose sur le comptoir. Il se met à fixer Léonie, puis commence à pousser de longs cris stridents.

Tout en regardant Mortimer d'un air surpris, Léonie se bouche les oreilles. Au même moment, la porte d'entrée s'ouvre avec fracas et le père d'Évelyne entre, en portant un vieux carton à chaussures sous le bras.

— Évelyne, amène tes amies au sous-sol. Elles auront l'occasion de voir ce que nous faisons, dit-il, tandis que des cris aigus s'échappent de la boîte.

Évelyne et Florence s'engouffrent dans

l'escalier derrière lui. Léonie, elle, fronce les sourcils et reste dans l'embrasure de la porte. Quand Bismarck se met à agiter la queue et se dirige vers elle, Léonie descend à toute vitesse.

Avec précaution, le père d'Évelyne soulève le couvercle de la boîte. Un oiseau au plumage gris moucheté est recroquevillé dans un coin et tient une de ses pattes repliée sur son ventre.

— Un engoulevent! s'exclame Évelyne. Il a une blessure à la patte.

— Tu as raison, dit son père en souriant. Alors, fais le nécessaire, Évelyne. Je crois que tu es prête, maintenant.

Évelyne hoche la tête et prend une grande inspiration. Tandis que son père tient l'engoulevent, elle nettoie la plaie avec un antiseptique, puis applique un pansement afin que la blessure puisse guérir sans s'infecter. Après avoir vérifié que l'oiseau n'a pas d'autres blessures, elle l'installe dans une cage toute propre.

— Beau travail, Évelyne. Dans quelques jours, il sera guéri.

— Regardez! Il marche déjà! s'exclame Florence.

— Léonie, c'est la première fois que tu viens ici, non? dit monsieur Godbout. Aimerais-tu nourrir notre nouveau pensionnaire?

— Je crois que oui. Qu'est-ce qu'il mange?

Évelyne se précipite vers le congélateur et en sort deux pots en verre. Elle verse une petite quantité du contenu de chacun dans une soucoupe et tend la soucoupe et une pince à épiler à Léonie.

— Place l'assiette au fond de la cage, dit Évelyne, et tu le nourris avec la pince à épiler jusqu'à ce qu'il comprenne et commence à manger à même le plat.

Délicatement, Léonie attrape une petite boulette brunâtre et la place dans le bec de l'oiseau.

— Qu'est-ce que c'est? demande-t-elle, intriguée.

— C'est... euh..., commence Évelyne, en

hésitant. Ce sont des mouches et des araignées séchées.

— Yark! s'exclame Léonie, en sursautant et en échappant la pince à épiler.

— Qu'est-ce que tu t'imagines? intervient Florence, en riant. Qu'on nourrit les oiseaux avec du maïs soufflé?

— Je crois que je ne me suis jamais arrêtée à y penser.

— Les engoulevents mangent beaucoup. Ils peuvent ingurgiter jusqu'à cinq cents moustiques par jour, dit Évelyne, en s'apprêtant à ramasser la pince à épiler.

Mais Léonie la devance, attrape un autre insecte dans l'assiette et le donne à l'oiseau.

Florence regarde Évelyne et lui sourit. Après tout, songe Évelyne, cette soirée ne sera peut-être pas si mal.

Quand l'engoulevent commence à manger à même le plat, tout le monde remonte au rez-de-chaussée. Monsieur Godbout enfile sa grosse canadienne et file en vitesse vers la porte.

— Je reviens tout de suite. Je vais chercher ta

mère à l'épicerie, dit-il, en les saluant d'un grand geste.

— Il est gentil, dit Léonie, en regardant en direction de la porte. Où sont les toilettes? ajoute-t-elle, en se tournant vers Évelyne.

— Au bout du couloir.

— Elle a bien aimé l'engoulevent, dit Florence, une fois que Léonie a quitté la cuisine. Maintenant, tu peux cesser de t'inquiéter, poursuit-elle, en posant sa main sur l'épaule d'Évelyne.

Nicolas attrape Tarzan qui est de nouveau grimpé sur le rebord de l'aquarium, et le laisse tomber au sol.

— Erreur, corrige Nicolas, avec un sourire en coin. C'est maintenant que tu dois commencer à t'inquiéter.

— Et pourquoi?

Au même moment, Léonie pousse un long cri de panique :

— HHAAAAAAIIIIIIII!

— Parce qu'il y a une oie sauvage dans la baignoire, répond Nicolas, d'une voix calme.

Chapitre 10

Départ canon

— Une oie sauvage? s'exclame Évelyne, en courant vers la salle de bain.

— Elle est arrivée au Centre aujourd'hui, explique Nicolas, en élevant la voix. Elle a perdu une patte et on nous a demandé de la garder pour la fin de semaine. Si tu prenais l'habitude de lire les notes que nous laisse papa, tu t'éviterais des surprises.

Quand Évelyne entre dans la pièce, Léonie

est juchée sur le rebord de la cuvette et tient l'oie en respect à l'aide de la longue brosse qui sert à se laver le dos. Le cou tendu et les ailes déployées, le grand volatile sautille d'avant en arrière, en sifflant et en claquant du bec à chaque mouvement de Léonie.

— Qu'est-ce que c'est?

— C'est une outarde, répond Évelyne. Elle, euh... elle estime que tu envahis son territoire.

Léonie saute en bas de la cuvette et se précipite dans le couloir. L'outarde essaie de la poursuivre, mais s'accroche la patte dans le tapis de bain et s'étale sur le carrelage.

— Je l'avais pourtant mise dans la baignoire, dit Nicolas, en arrivant. Je suppose qu'elle s'imagine que toute la salle de bain lui appartient.

Florence jette un coup d'œil à Léonie. Ses cheveux sont tout emmêlés, ses collants sont déchirés et sa robe est couverte de plumes.

— Elle est horrible! s'exclame Léonie.

— Imagine ce que ce serait si elle avait ses deux pattes! réplique Nicolas.

En entendant la voix de Nicolas, l'outarde s'avance dans le corridor en sautillant.

— Va-t'en! couine Léonie, en agitant sa brosse à la manière d'une épée.

— Maman et papa vont bientôt rentrer, dit Nicolas, en rigolant. Remettons-la vite dans la baignoire.

Évelyne et Nicolas repoussent doucement l'oiseau vers la salle de bain tout en lui parlant calmement. L'outarde siffle et claque du bec, mais consent, finalement, à sauter dans la baignoire et à se coucher sur les couvertures disposées sur le fond.

Une fois l'épisode terminé, Évelyne et Florence cherchent Léonie et la retrouvent près de la porte, sa valise à la main.

— Je retourne chez moi, annonce-t-elle.

Pendant que Léonie boutonne son manteau, Évelyne se demande comment réagir. Sa poitrine se serre et ses mains tremblent légèrement. Ce silence semble durer l'éternité.

Léonie fronce les sourcils et retourne sa botte sens dessus dessous.

— Ça ne te dérange pas? demande-t-elle, maussade. C'est comme vivre dans un zoo, conclut-elle, en forçant Tarzan à sortir de sa botte.

Évelyne prend une grande inspiration et plonge les mains dans ses poches pour dissimuler leur tremblement.

— Mes parents ont toujours travaillé dans des centres de nature et nous avons toujours eu des animaux à la maison, dit-elle. Je suppose que je me suis habituée.

— C'est complètement cinglé, dit Léonie, en enfilant ses bottes.

— Ce n'est pas cinglé, Léonie, c'est simplement... différent de ce à quoi tu es habituée, dit Évelyne, en ravalant sa salive pour ne pas éclater en sanglots.

— Au revoir, lance Léonie, en sortant.

Incapable de répondre, Évelyne la regarde s'éloigner, puis referme la porte.

— Léonie a décidé de partir, c'est ça? demande Nicolas, en retirant la télécommande sous la patte de Bismarck.

— Hum-mm, fait Évelyne, en acquiesçant d'un signe de tête. Elle va se précipiter chez elle et téléphoner à toutes ses amies pour leur dire que nous vivons dans un zoo, dit-elle, la gorge serrée.

Nicolas jette un coup d'œil par la fenêtre, puis se laisse tomber dans le canapé.

— Peut-être pas, dit-il, sur un ton décontracté. Je crois qu'elle va revenir.

— Oh non! soupire Évelyne. Elle est vraiment furieuse.

Tandis qu'avec sa manche, Évelyne époussette le duvet d'oie déposé sur la télé, Nicolas essuie la télécommande et allume le poste.

— Elle va revenir, tranche Nicolas, sûr de lui.

— Jamais! Elle a dit que c'était la pire maison de fous qu'elle ait jamais vue.

— Elle va revenir.

— Oh, Nicolas! Comment peux-tu dire ça?

— Le chat du voisin vient de tuer un autre oiseau. Léonie le poursuit dans la rue.

Tandis que Florence se précipite à la fenêtre,

Évelyne court ouvrir la porte à Léonie qui remonte péniblement l'allée enneigée. Son manteau taché de sang, Léonie pleure à chaudes larmes.

— Je crois qu'il est encore vivant! dit-elle, en tendant à Évelyne le petit oiseau qu'elle tient dans ses mains.

Chapitre 11

Tête-à-tête amical

É velyne prend l'oiseau des mains de Léonie. Il est tout tremblant et a du sang sur la tête et sur les ailes.

Pendant que Léonie sanglote, Nicolas jette un coup d'œil aux blessures de l'oiseau.

— C'est pas mal. Je le croyais mort, mais il a seulement deux ou trois petites coupures, dit-il.

— Dans ce cas, pourquoi est-ce qu'il saigne

autant? demande Léonie.

— Il est blessé sur le dessus de la tête, répond Évelyne. C'est un type de blessure qui saigne beaucoup, même quand c'est peu profond.

— Viens, Églantine, dit Nicolas en se dirigeant vers la porte du sous-sol.

Évelyne, Florence et Léonie lui emboîtent le pas et descendent l'escalier. Tandis que Nicolas dépose l'oiseau sur une serviette propre, Évelyne sort la ouate et la bouteille d'antiseptique.

— Je croyais qu'en hiver, les oiseaux partaient vers le sud, dit Léonie en déboutonnant son manteau et en essuyant ses larmes du revers de sa manche.

— Ils ne partent pas tous, répond Évelyne. Certains restent parce qu'ils sont trop vieux ou trop faibles pour voyager, d'autres parce qu'ils se sont adaptés au climat.

Pendant ce temps, Nicolas retient l'oiseau tandis qu'Évelyne désinfecte délicatement ses blessures.

— Qu'est-ce que c'est comme oiseau? demande Léonie.

— Mais tu ne sais donc rien! s'exclame Nicolas, en roulant de grands yeux exaspérés.

— C'est un pinson chanteur, répond Évelyne. Et personne n'est tenu de savoir à quoi ressemble un pinson chanteur, Nicolas! ajoute Évelyne, en haussant le ton tandis que son frère dépose l'oiseau dans une cage propre.

Profitant du fait que Nicolas a le dos tourné, Léonie adresse un grand sourire complice à Évelyne.

— Combien de temps allez-vous le garder ici? demande Florence, en enlevant les plumes qui se sont accrochées à son jean.

— Le temps que ses blessures guérissent, répond Nicolas. En fait, ça dépend surtout de son état de santé général.

— Est-ce que... Est-ce que je pourrai revenir le voir? demande Léonie, en jetant un coup d'œil dans la cage.

— Si tu restes à dîner, tu pourras le revoir

ce soir, réplique Florence, en soufflant négligemment sur les verres de ses lunettes.

Quand ils remontent, les parents d'Évelyne sont déjà dans la cuisine et les sacs d'épicerie couvrent le comptoir.

— Bonsoir, les filles! dit madame Godbout, avec un grand sourire. Il y avait une valise devant l'entrée, alors je l'ai mise dans la chambre d'Évelyne.

— Merci, maman, dit Évelyne. C'est à Léonie.

Léonie suit Évelyne jusqu'à sa chambre. Elle ouvre sa valise et en sort une brosse. Pendant ce temps, Bismarck s'étale sur le plancher et se met à ramper en direction de la valise ouverte à même le plancher.

— Mes parents seraient incapables de vivre dans une telle maison, grimace Léonie, en essayant de se démêler les cheveux.

Évelyne acquiesce d'un signe de tête. Chez elle, le sous-sol a été transformé en salle de jeux avec une télé dont l'écran est grand comme un matelas. Quand Léonie les avait invitées, elles avaient été autorisées à descendre dans la salle de jeux à la condition de ne toucher à rien et de ne pas semer le désordre.

— Pour notre famille, les oiseaux sont une sorte de violon d'Ingres, dit Évelyne, en éloignant la valise de la portée de Bismarck. À chaque jour, toute la famille travaille à l'entretien de la clinique. Toi, qu'est-ce que tu fais avec tes parents?

— Pas grand-chose, dit Léonie, en regardant Bismarck ramper vers sa valise pour y glisser son nez. Mes parents sortent presque tous les soirs et ma gardienne passe son temps devant la télé à regarder de vieux films.

— Plutôt ennuyeux, dit Évelyne, en repoussant Bismarck d'un pied tout en refermant la valise de l'autre.

Léonie rajuste sa robe et retire lentement les dernières plumes qui adhèrent encore au tissu.

— Il m'arrive parfois de m'ennuyer, dit Léonie, en s'assoyant à côté d'Évelyne. Je crois que, toi, tu as davantage de plaisir ici, mais c'est tellement... tellement spécial. Personne d'autre ne vit dans une maison comme ça.

— C'est simplement différent, Léonie, dit Évelyne, en prenant une longue inspiration. Laisse-toi aller, donne-moi une chance et tu verras qu'il y a mieux que de passer ses soirées à écouter de vieux films.

— D'accord, dit Léonie, en se mordant la lèvre.

Elle pousse ensuite sa valise sous le lit d'Évelyne pour la mettre hors de portée de Bismarck.

— Tu sais, Évelyne, tu as de la chance, poursuit Léonie. Toi, tu as des amies.

— Mais... c'est toi qui as des amies, réplique Évelyne, surprise. Tu as des tas d'amies. Tout le monde t'écoute, tu n'es jamais seule.

— Ce n'est pas la même chose. Toi, tu as une vraie amie. Florence ne dit jamais de mal de toi dans ton dos et il lui arrive même de prendre ta défense.

Léonie serait-elle jalouse de moi? se demande Évelyne. Elle, la fille la plus populaire de la classe!

— Eh bien, je..., commence Évelyne, sans trop savoir quoi dire. Nous pourrions peut-être essayer d'être amies, à la condition que tu essaies d'être... disons, euh... un peu plus gentille.

— Merci de ta franchise, dit Léonie, en hochant la tête. Ça me plairait d'essayer, dit-elle, avec un sourire timide.

Sur les entrefaites, Florence entre dans la chambre en portant Tarzan dans ses bras.

— Le dîner est servi! annonce-t-elle, avec un petit sourire en coin.

En arrivant dans la cuisine, Évelyne s'arrête sur le pas de la porte et écarquille les yeux. La table est couverte de boîtes de pizza, de bouteilles de boisson gazeuse et de grands bols contenant des pêches et des myrtilles.

— Wow! s'exclame Léonie, en repoussant gentiment Tarzan en bas de sa chaise avant de s'asseoir.

Évelyne adresse un grand sourire à son père. Il l'avait fait marcher depuis le début!

— Tout le monde à table! dit la mère d'Évelyne. Et dépêchez-vous de manger avant que Mortimer ne se réveille!

En s'asseyant sur sa chaise, Évelyne entend le clic-clic-clic caractéristique des serres du perroquet sur le carrelage. Trop tard! se dit-elle. Si, jusqu'ici, tout s'était plutôt bien passé, l'arrivée de Mortimer risquait de provoquer une catastrophe!

Chapitre 12

Mortimer est amoureux!

Comme Léonie prend sa première bouchée de pizza, Bismarck arrive au trot dans la cuisine avec la barrette de Léonie dans la gueule.

— Bismarck, lâche ça tout de suite! ordonne Évelyne.

Bismarck laisse tomber la barrette sur les genoux de Léonie, puis se faufile sous la table.

Avec un petit sourire amusé, Florence se

tortille sur sa chaise. Sous la table, Bismarck prend tellement de place qu'elle doit poser ses pieds sur son dos.

En saisissant sa barrette, Léonie a un haut-le-cœur. Imbibée de bave de chien, sa barrette est trempée comme un serre-tête de tennis. Elle fait le geste de la mettre sur la table, puis se ravise et la laisse tomber par terre, à côté de sa chaise. Splotch!

— Oh, Léonie! dit Évelyne. Je suis désolée pour... OUCH!

En s'aidant de ses serres et de son bec pointu, Mortimer vient d'entreprendre d'escalader la jambe de pantalon d'Évelyne.

Arrivé sur la table, il s'installe près du napperon d'Évelyne et se met à crier, à s'ébrouer et à s'étirer les ailes, faisant rouler sur la table une longue plume d'un bleu profond.

— Alors, Mortimer, nous t'avons réveillé? demande Florence.

Sans lui prêter attention, Mortimer se met à traverser la table en direction de Léonie.

— Hé, Bécassine! dit Nicolas, en riant. Je crois que Mortimer s'est trouvé une nouvelle fiancée!

Arrivé près du napperon de Léonie, Mortimer s'arrête et se met à se dandiner sur une patte, puis sur l'autre.

— Pourquoi fait-il cela? demande Léonie, en s'éloignant de la table et en couvrant sa dernière boucle d'oreille avec sa main.

— Il veut être ton ami, répond Évelyne.

— Mais tu as mâchouillé ma boucle d'oreille! proteste Léonie, en regardant le perroquet, les sourcils retroussés.

Sans quitter Léonie des yeux, Mortimer lui tourne le dos, étale les plumes de sa queue en éventail et se met à les secouer.

— Il fait le beau! Il est amoureux de toi! s'exclame Florence, en riant.

Mortimer revient ensuite vers Léonie et incline la tête.

— Il doit être vraiment très amoureux, s'esclaffe Nicolas. Il ne m'a jamais fait ça à moi!

Léonie sourit et rapproche sa chaise de la table. Mortimer se remet à se dandiner sur ses pattes en tendant la tête vers son assiette.

— Qu'est-ce qu'il veut? Ma pizza?

— Essaie de lui en donner un morceau, et tu verras, dit Florence.

— Pas question!

— Mais il est drôle, Léonie, dit Évelyne, en soupirant. Donne-lui sa chance.

— Bon, d'accord, dit Léonie, en coupant un morceau de pizza qu'elle laisse tomber sur la table.

Avec sa patte, Mortimer le ramasse et le porte à son bec tout en se tenant en équilibre sur son autre patte. Quand il a fini de manger, Mortimer se lèche les orteils, puis se met à fixer Léonie des yeux.

— Il aime ça!

Léonie prend ensuite une tranche de pepperoni et la lui tend dans le creux de sa paume. Avec sa patte, Mortimer agrippe délicatement le pouce de Léonie et allonge le bec pour attraper la tranche de saucisson.

— Tu trouves toujours que c'est une maison bizarre? chuchote Florence.

— Ce n'est pas bizarre, Florence, c'est simplement différent, répond Léonie, en souriant à Évelyne. Ma mère ne me permet pas d'avoir d'animaux. Elle dit qu'ils... Oh!

Léonie s'interrompt et essuie l'eau qui vient de l'éclabousser. De son côté, Nicolas se hâte de repêcher Tarzan qui vient de plonger involontairement dans l'aquarium.

— Ma mère dit que les animaux sèment la pagaille, reprend Léonie, en soufflant sur la plume jaune qui vient d'atterrir dans son assiette. Moi, j'aimerais bien avoir des animaux, je trouve que c'est amusant, conclut-elle, en donnant un morceau de fromage fondu à Mortimer.

C'est vrai que c'est amusant, se dit Évelyne. Même quand il y a une outarde dans la baignoire!

— Oh, les filles! J'allais oublier! s'exclame monsieur Godbout, en se levant brusquement. Après votre pizza, ça vous dirait d'avoir de la crème glacée?

— Oh oui! répond Évelyne.

— Moi aussi, s'il vous plaît, enchaîne Florence.

Quant à Léonie, pas de réponse. Elle est trop occupée à donner des myrtilles à Mortimer.

Monsieur Godbout s'approche du comptoir et se verse une tasse de café.

— Hé, papa! N'oublie pas d'en servir une tasse à Mortimer, dit Évelyne, avec un clin d'œil. Tu sais très bien que, sans son café, il devient tout bonnement neurasthénique!

Table des matières

Il y a quelques années, **Brenda Kearns** travaillait dans un centre d'accueil pour animaux où elle avait pour tâche de secourir les bêtes abandonnées et de leur trouver des foyers d'accueil. C'est en exerçant ce travail qu'il lui est arrivé de confier des oiseaux sauvages à une clinique identique à celle qu'elle décrit dans ce roman.

Aujourd'hui, Brenda se consacre à plein temps à l'écriture et vit à Scotland, en Ontario, en compagnie de son époux, de ses trois enfants, d'un chat grincheux et d'un dogue allemand.

As-tu lus tous ces romans Étoile filante?